Der Esel als Amtmann

Zeichnungen von Hans Ticha

Gerhard Branstner

Der Esel als Amtmann
oder
Das Tier ist auch nur ein Mensch

Fabeln

Verlag Dietmar Klotz

Die Deutsche Bibliothek - CIP-Einheitsaufnahme

Branstner, Gerhard:
Der Esel als Amtmann oder das Tier ist auch nur ein Mensch
Fabeln / Gerhard Branstner. Zeichn. von Hans Ticha. -
Eschborn bei Frankfurt/M. : Klotz, 1995

ISBN 3-88074-184-0

2. Auflage 1995

Sulzbacher Straße 45
65760 Eschborn bei Frankfurt a.M.

ISBN 3-88074-184-0

Ohne Wahrheit ist die Kunst,
was die Pflaume ohne Wurm:
ein Ding,
worüber sich kein Mensch aufregt

Mißgeachtet lebt sich's schwer, unbeachtet noch viel mehr

Ein Elefant war auf seine alten Tage bösartig geworden, so daß die übrigen Tiere sich nicht anders zu helfen wußten und seinen Tod beschlossen. Es setzte einen fürchterlichen Kampf, aber endlich lag der Riese gefällt am Boden. Da kam ein Karnickel angerannt und schlug wie wahnsinnig auf den toten Elefanten ein.

Auf die verwunderte Frage der Schildkröte, weshalb es noch auf den Toten einschlage, wo es doch das einzige Wesen sei, dem der Elefant zu Lebzeiten nie etwas getan habe, rief das Karnickel: Das ist es ja gerade, was mich so wütend macht!

2 Wer Furcht hat, sich zu schneiden, schabt sich den Bart von weitem

Der Igel war zu einer Hasenhochzeit geladen worden, und um sich der Ehre würdig zu zeigen, beschloß er, sich zu rasieren. Da er aber fürchtete, sich zu schneiden, führte er das Rasiermesser in so weitem Abstand, daß es die Borsten nicht einmal berührte.

Als er das Messer beiseite legte, meinte die Frau des Igels: Du hast dich zwar nicht geschnitten, rasiert bist du aber auch nicht.

Ich hatte zwischen zwei Übeln zu wählen, entgegnete der Igel, und ich habe mich für das kleinere entschieden.

3 Klugheit und Mut wohnen unter einem Hut

Dem Löwen war ein Junges entlaufen, und er befürchtete, daß es einem anderen Raubtier zum Opfer fallen könnte.

Da kam das Wiesel gelaufen und sagte dem Löwen: Dein Junges wurde gefunden; es ist wohlauf und wird noch heute von der Hyäne zurückgebracht.

Über die frohe Nachricht geriet der Löwe außer sich und soff sich einen gewaltigen Rausch an. Als er so voll war, daß er nicht mehr auf den Beinen stehen konnte und unanständige Lieder zu singen begann, brachte die Hyäne das Löwenjunge, es war aber tot.

Der Löwe brauchte in seinem Schumm einige Zeit, bis er das begriffen hatte. Na warte! drohte er jetzt dem Wiesel, wenn ich wieder auf den Beinen stehen kann, sollst du die Lüge büßen.

Die Lüge hat dich, entgegnete das Wiesel, in einen Zustand versetzt, in dem du die Wahrheit ertragen konntest; was soll ich da büßen?

Als der Löwe wieder nüchtern war, sagte er zu dem Wiesel: Du warst nicht nur klug, du warst auch mutig. Hätte ich die Wahrheit erfahren, als ich noch einigermaßen auf den Beinen stehen konnte, wäre es um dich geschehen gewesen.

4 In einem komplizierten Fall ist das Urteil oft formal

Der Seehund hatte seine Fressalien in einen Sack gesteckt und ging davon, um ein Bad zu nehmen. Da kam der Pinguin und machte sich über die Fressalien her; da er sich aber zu lange damit aufhielt, wurde er von dem zurückkehrenden Seehund überrascht. Um nicht entdeckt zu werden, schlüpfte der Pinguin in den Sack. Der Seehund besah sich den Sack, nahm einen Knüttel und schlug kräftig drauf ein. Endlich schlüpfte der Pinguin heraus, lief zum Delphin und bestellte ihn zum Richter über den Fall.

Ich habe, erklärte er, den Seehund höchstens um zwei Pfund Fressalien gebracht, dafür hat er mir mindestens zweihundert Pfund Prügel verabreicht. Und so was ist nicht gerecht.

Wir werden sehen, meinte der Delphin und befragte den Seehund. Der aber sagte: Ich kam aus dem Wasser und wollte mir, um mich zu erwärmen, ein wenig Bewegung machen. Da habe ich auf den Sack eingeschlagen. Mit meinem Sack kann ich ja wohl machen, was ich will.

Was sagst du jetzt? fragte der Delphin den Pinguin.

Irgendwie hat der Seehund recht, meinte der Pinguin kleinlaut, irgendwie hat er aber auch nicht recht.

Na schön, sagte der Delphin, da können wir auch nur irgendwie Recht sprechen. Das Urteil lautet: Der Pinguin darf dem Seehund die überzähligen Prügel zurückerstatten, aber nur dann, wenn der Seehund in einem Sack steckt, der dem Pinguin gehört.

5 Die Schwächen der Schwachen sind die Stärke des Drachen

Zwei Hunde mußten am Hofe des Tigers die niedersten Dienste verrichten, bekamen dafür aber nicht einmal einen Knochen zu sehen.
Wenn wir uns zusammentun, sagte der eine Hund zum anderen, können wir den Tiger bezwingen und sind unserer Knechtschaft ledig. Der andere Hund war einverstanden, meinte jedoch, daß sie die Unterstützung des Schloßhundes nötig hätten.
Der Schloßhund tat auch so, als sei er mit dem Plane einverstanden. Da er aber befürchtete, die gemeinen Hunde könnten an die Macht kommen, unterrichtete er seinen Herrn und riet ihm, den beiden Hunden einige Knochen hinzuwerfen, um sie von ihrem Vorhaben abzubringen. Der Tiger aber kannte die beiden besser und warf ihnen nur einen Knochen hin.

6 Wer den Mörder verschont, wird mit Leichen belohnt

Der Wolf war in eine tiefe Grube gestürzt und rief um Hilfe. Das hörte ein Lamm, und weil der Wolf ihm leid tat, suchte es eine lange Wurzel, an der sich der Wolf aus der Grube zog. Statt sich aber bei dem Lamm zu bedanken, fiel er sogleich über es her, um es zu fressen. Das Lamm zeterte laut über die Undankbarkeit des Wolfes, der Wolf aber setzte dagegen, daß es widersinnig sei, gerettet zu werden, um dann Hungers zu sterben. Diese Antwort verwirrte das Lamm, und als ein kleiner Hund daherkam, bat das Lamm ihn, die Sache zu entscheiden.

Der wird schon wissen, was ihn erwartet, wenn er nicht für mich stimmt, dachte der Wolf und war damit einverstanden, daß der Hund den Richter machte.

Der Hund überlegte eine Weile, dann sagte er: Wer einen Wolf rettet, verdient auch, von ihm gefressen zu werden. Und damit stieß der Hund das Lamm in die Grube.

Der Wolf bedankte sich für den klugen Richterspruch, sprang dem Lamm nach und machte sich über es her.

Du mußt sterben, sagte der Hund zu dem Lamm, damit deinesgleichen am Leben bleibt. Und flugs zog er die Wurzel aus der Grube und zerbiß sie in kleine Stücke.

7 Wer oben sitzt, sieht niemals alles, am wenigsten im Fall des Falles

Der Adler baute seinen Horst auf einer alten Eiche, obwohl der Maulwurf ihn davor gewarnt hatte. Der Baum war wurzelkrank, und das konnte nur der Maulwurf wissen. Schon beim nächsten Sturm brach die Eiche und erschlug die jungen Adler.

Es war ein Fehler, sagte der Adler, daß ich auf den Maulwurf nicht gehört habe. Ein noch größerer Fehler aber wäre es gewesen, hätte ich auf ihn gehört. Das hätte ein schlechtes Beispiel gegeben, und alle Maulwürfe würden sich fortan erdreisten, uns Ratschläge zu erteilen. Wo bliebe da der Adler?

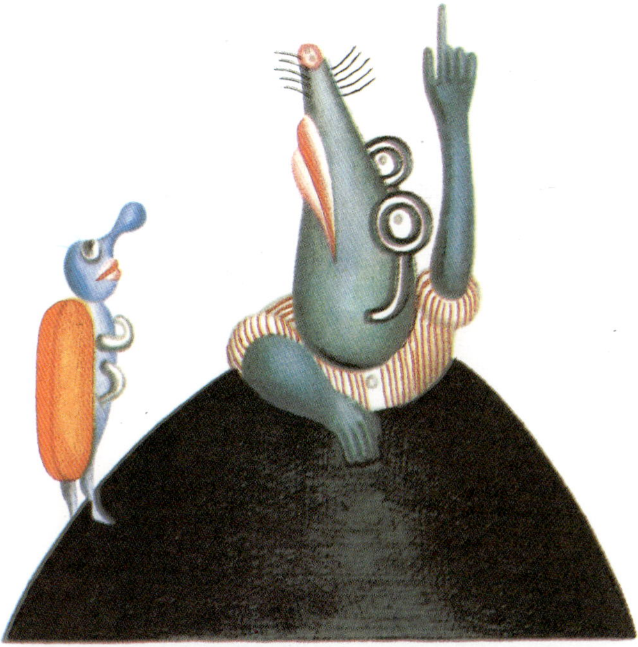

8 Die Freiheit hat zwei Seiten, das läßt sich nicht bestreiten

Ein Hammel trat vor den Tiger und beschwerte sich darüber, daß es den Wölfen ungestraft erlaubt sei, die Schafe zu fressen.
Euch soll Gerechtigkeit werden, sprach der Tiger. Und er erließ ein Gesetz, das den Schafen erlaubte, die Wölfe ungestraft zu fressen.
Da freute sich der Hammel und rief: Jetzt haben wir den absoluten Rechtsstaat.
Das wurde auch Zeit, meinte der Tiger, die Wölfe haben sich schon lange genug darüber geärgert, daß man ihnen vorwerfen konnte, sie seien vom Gesetz bevorteilt.

9 Die Kunst läßt weg, so geht die Sage. Nur, was sie wegläßt, ist die Frage

Der Wolf und der Igel besuchten eine Gemäldeausstellung. Dort hing auch ein Porträt des Wolfes, das der Affe verfertigt hatte.
Der Wolf lobte das Bild über alle Maßen.
Wie kannst du so was loben, wunderte sich der Igel, selbst die Hasen werden lachen, wenn sie dich so sehen. Deine wahre Natur ist überhaupt nicht zu erkennen.
Eben deshalb gefällt mir das Bild, erklärte der Wolf.

K
L

10 Der eigne Gestank macht keinen krank

Das Stinktier hatte sein Quartier gewechselt und sich in der Nachbarschaft einer Igelfamilie niedergelassen. Was stinkt da auf einmal so widerlich! rief die Igelmutter und schnupperte empört in der Luft.
Auch das Stinktier schnupperte umher, sagte aber schließlich: Ihr müßt eine verdorbne Nase haben, ich rieche nichts Widerliches.

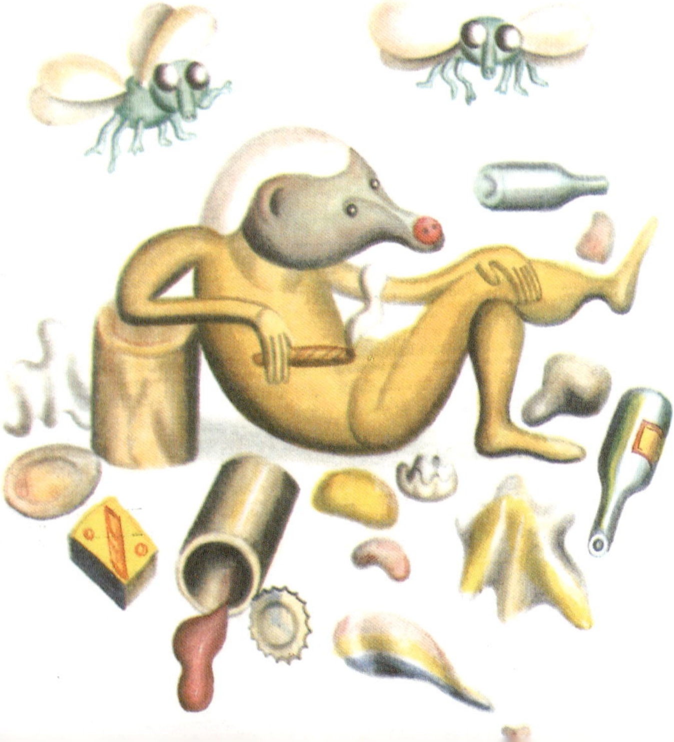

11 Wenn dein Feind dir freundlich tut, sei auf der Hut

Der Wolf hatte sich das Bein gebrochen und konnte nicht mehr auf Beute gehen. Um nicht in seiner Höhle zu verhungern, bat er den Fuchs um Hilfe. Der erklärte sich auch bereit und erzählte all den Tieren, die er nicht leiden konnte, der Wolf sei am Sterben und möchte ein letztes Wort an sie richten. So ging eines nach dem anderen in die Höhle des Wolfes, bis der auch das letzte verschlungen hatte. Und als es ihn wieder hungerte, rief er dem Fuchs zu: Komm doch bitte herein, ich bin am Sterben und möchte ein letztes Wort an dich richten.

Der Fuchs lachte und meinte: Wenn ich auf meine eigene List hereinfiele, wäre ich mir selbst mein schlimmster Feind. Mein schlimmster Feind aber bist du; und nachdem du mich von allen anderen befreit hast, werde ich mich jetzt von dir befreien. Nach diesen Worten verstopfte der Fuchs den Eingang der Höhle, so daß der Wolf ersticken mußte, und lief davon.

12 Der Pfennig prahlt mit großer Goschen: Ich bin so rund als wie ein Groschen

Tu dich nicht so dick, sagte die Mücke zum Elefanten, oder weißt du nicht, daß du aus mir gemacht wurdest?
Man muß nicht alles glauben, sagte der Elefant.
Aber die Ähnlichkeit! rief die Mücke, sieh dir doch nur unsre Rüssel an!

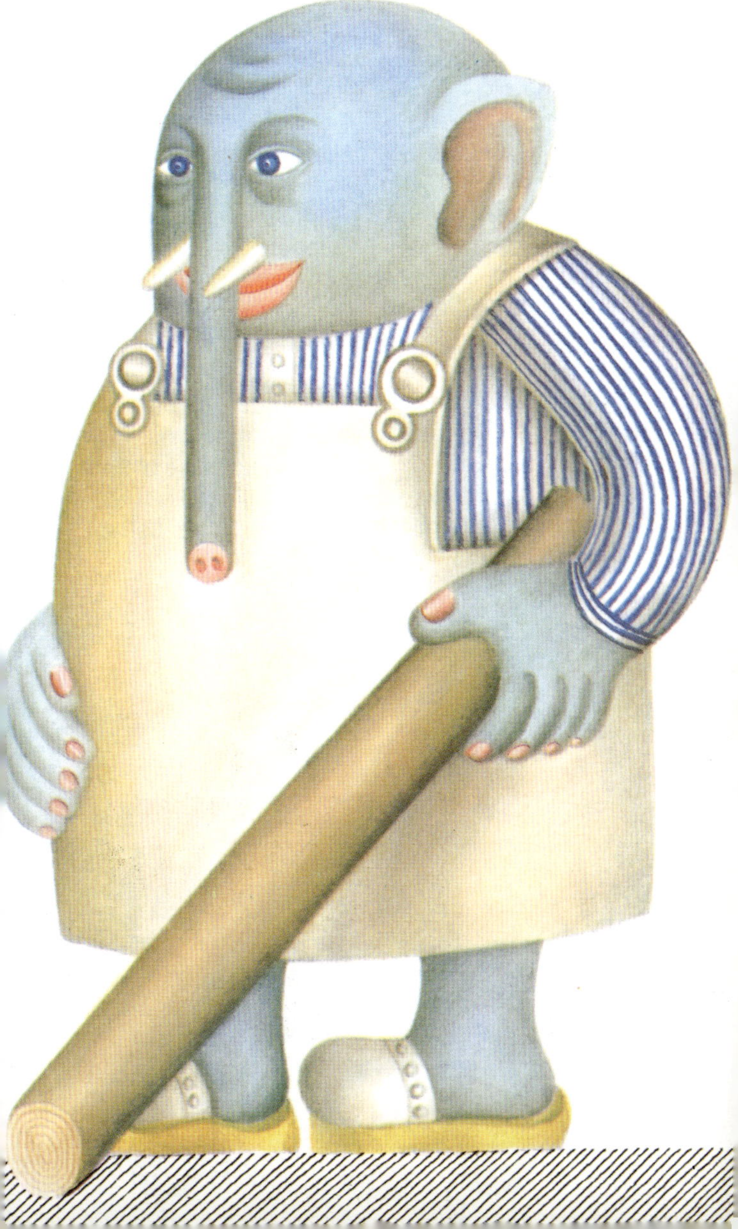

13 Machst du den Gegner zum Gespenst, dann ist er das, was du nicht kennst

Die Antilopenmutter warnte ihre Jungen vor dem Tiger und beschrieb ihn, um ganz sicherzugehen, in den schrecklichsten Farben. Als die Kleinen bald darauf einem wirklichen Tiger begegneten, konnten sie das Raubtier nicht in ihm erkennen und wurden ihm zur leichten Beute.

Dabei habe ich sie mehr als genug vor dem Tiger gewarnt, jammerte die Antilope, als die Gazelle ihren Beileidsbesuch machte, ich glaubte, je schrecklicher ich ihnen das Raubtier darstelle, um so schöner würden sie es bei mir finden und brav zu Hause bleiben.

Du hättest sie, entgegnete die Gazelle, besser auf eine Begegnung mit dem Raubtier vorbereiten sollen.

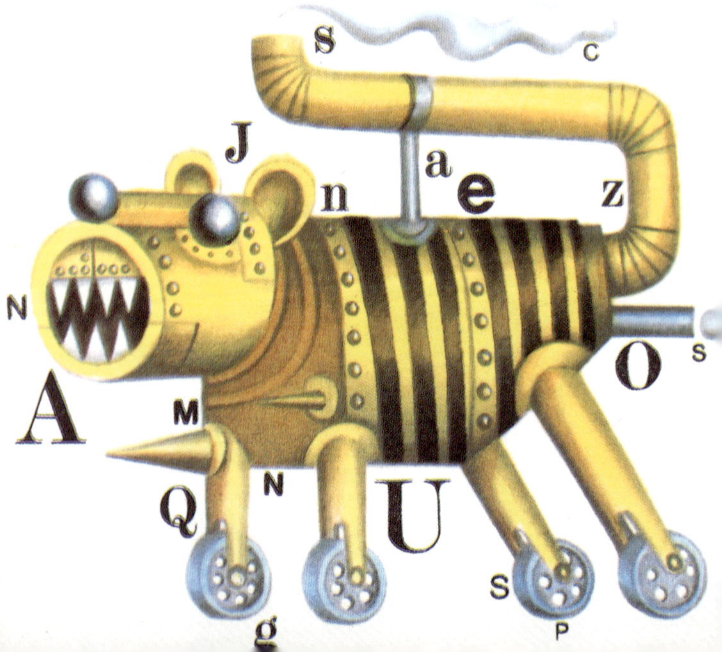

14 Ein großes Tier macht auch viel Mist, was aber kein Kriterium ist

Die Tiere hatten davon gehört, daß bei den Menschen eine neue Zeit angebrochen sei. Und da sie Näheres darüber erfahren wollten, schickten sie das Rüsselschwein als Kundschafter aus.

Laß dir aber nichts vormachen, trugen sie ihm auf, guck selber überall nach.

Das Schwein ließ lange auf sich warten, und als es zurückkam, sagte es: Ich habe allen Spülicht und Kehricht durchwühlt, und obwohl es ungeheure Mengen davon gab, konnte ich darin von einer neuen Zeit nichts entdecken.

15 Wer sich hinter der Zeit versteckt, wird auf unsanfte Art geweckt

Um ihr Leben zu verbessern, beschlossen die friedlichen unter den Vögeln, ihre Kräfte zu vereinen und sich mit Rat und Tat gegenseitig zu unterstützen. Danach stellten sie Theorien auf, aus denen sich ergab, daß die Vogelarten verschiedener Art waren.

Wie können wir uns da vereinen? riefen sie, wir müssen damit warten, bis unsere Arten sich einander angenähert haben.

Indessen hatten aber die Raubvögel vom Beschluß der friedlichen Vögel gehört. Statt nun auch Theorien über ihre Unterschiede aufzustellen, sagten sie: Letzten Endes sind wir alle Raubvögel, das macht uns einander gleich. Und sie begannen sofort mit der Vereinigung ihrer Kräfte. Natürlich hackten sie sich dabei gegenseitig manches Auge aus, kamen im ganzen aber recht gut voran und wurden so zu einer großen Gefahr für die friedlichen Vögel. Die mußten nun, um nicht zu unterliegen, endlich ihre eigene Vereinigung betreiben. Also stellten sie schnell eine neue Theorie auf, und jetzt kamen auch sie gut voran.

Die alten Theorien erklärten sie nun aber nicht etwa für falsch und haderten deshalb auch nicht miteinander. Die friedlichen Vögel waren eben nicht nur gegenüber anderen, sondern auch gegen sich selber ungeheuer friedlich. Diese Theorien, so beteuerten sie unbeirrt, entsprachen durchaus ihrer Zeit. Heute haben wir eben andere Verhältnisse.

Allein der Spatz meinte: Hätten wir gleich die richtige Theorie gehabt und auch danach gehandelt, wären wir gar nicht erst in diese Verhältnisse geraten.

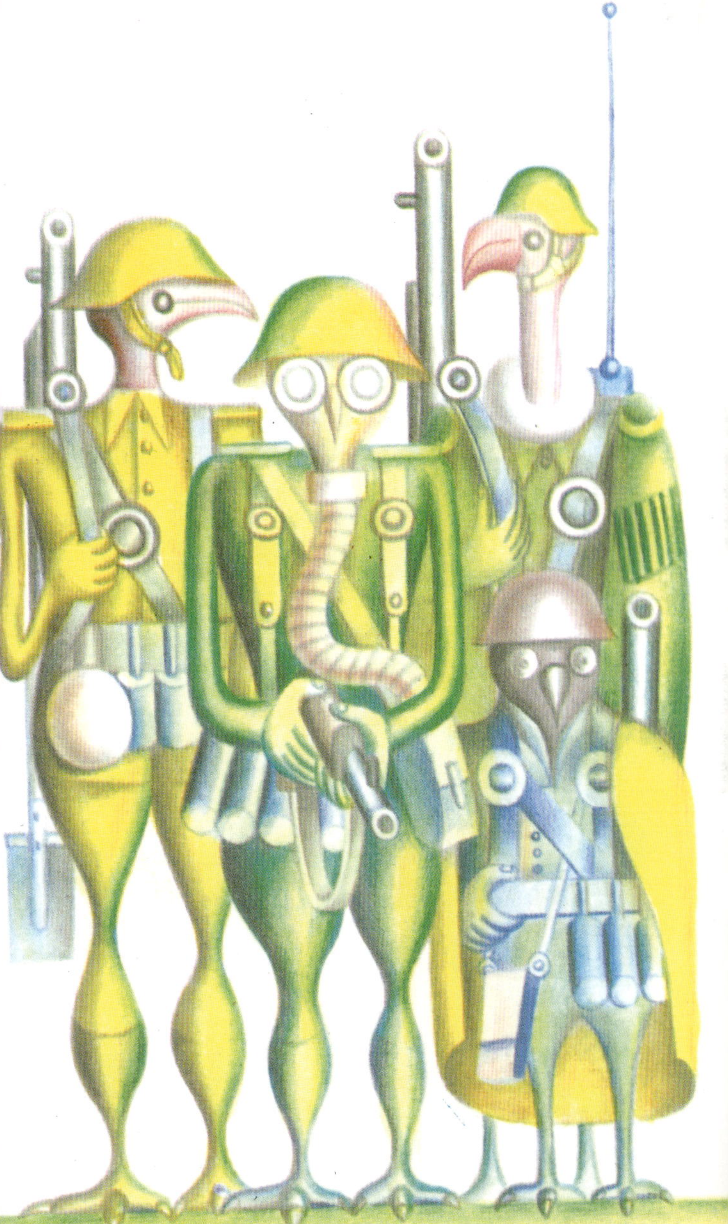

16 Ist die Suppe angebrannt, wirf den Löffel an die Wand

Wie kommt das nur, fragte ein junger Hahn einen alten, daß ich, wenn ich aus der Dunkelheit des Stalles trete und in die Sonne gucke, nichts mehr sehen kann? Und wenn ich gleich darauf zurück in den Stall gehe, sehe ich auch da nichts mehr. Die Sonne hindert mich also daran, in der Helligkeit wie in der Dunkelheit sehen zu können.

Das liegt daran, erklärte der alte Hahn, daß du gegen die Sonne guckst, statt mit ihr. Das Messer faßt man ja auch nicht an der Klinge an.

17 Der starke Freund schreckt den Feind

Wollen wir fortan nicht in Frieden miteinander leben, meinte der Wolf zum Reh.
Du weißt also, sagte das Reh, daß der Bär mein Freund ist.

18 **Auch hohe Tiere müssen mal aufs Örtchen, nur tun sie oft, als schissen sie ein Törtchen**

Der Damhirsch war König der Tiere geworden und gab sich alsbald für ein höheres Wesen aus. Die einen empfanden das als eine Anmaßung, die anderen glaubten daran, unter ihnen das Murmeltier. Daher war es, als es den Damhirsch einmal seine Notdurft verrichten sah, tief enttäuscht.
Wenn der König ein höheres Wesen ist, darf er nicht misten, empörte sich das Murmeltier und murmelte es überall herum. Das machte den König unmöglich, so daß er nicht länger gehalten werden konnte.
Neuer König sollte nun nur werden, wer von sich behaupten konnte, daß ihm hinten nichts abginge. Das konnte aber keiner. Allein der Schakal erklärte sich für eine Ausnahme, und da er die einzige war, wurde er genommen. Da die Tiere ihn aber Tag und Nacht nicht aus den Augen ließen, geriet er bald in schwere Not. Und als er nicht mehr ein noch aus wußte, trat er vor sein Volk und rief: Entweder ihr guckt mir nicht dauernd auf den Arsch, oder ihr habt in Kürze einen geplatzten König!
Darüber mußte das Volk gewaltig lachen, und seitdem ist es dem König gestattet, hin und wieder auch einmal Mist zu machen.

19 Erschlag den Freund nicht in der Not, du schlägst dich selber tot

Der Dachs und das Eichhörnchen waren gute Freunde. Als aber der Dachs in Hungersnot geriet, besuchte er das Eichhörnchen und stahl ihm, während er mit ihm plauderte, eine Nuß. Am Ende des Besuchs schenkte das Eichhörnchen dem Dachs ein ganzes Körbchen voll Nüsse. Da schämte sich der Dachs und legte die gestohlene Nuß heimlich zurück. Das Eichhörnchen bemerkte es aber und glaubte, der Dachs wolle noch eine Nuß stehlen. Darüber gerieten sie in Streit, und der Dachs erschlug das Eichhörnchen. Betrübt zog der Dachs nach Hause. Und da das Eichhörnchen tot war und er keine Nüsse mehr von ihm erhalten konnte, mußte auch der Dachs bald sterben.

20 Gegensätze ziehen sich nicht an, es sei denn, an dem einen ist vom andern etwas dran

Wie weise, sprach die Eule, war doch die Natur, als sie Männchen und Weibchen so einrichtete, daß sie einander genau ergänzen.
Im Gegenteil, widersprach der Storch, der als Fachmann auf dem Gebiete galt. In Wirklichkeit hat sich die Natur bei der Verteilung der Geschlechtsorgane geirrt und das männliche Teil dem Weibchen, das weibliche Teil aber dem Männchen verliehen. Nur so ist es zu erklären, daß die beiden sich ständig hinterdreinlaufen und das Männchen versucht, dem Weibchen das eigentlich diesem gehörende Glied zuzustecken, während das Weibchen darauf aus ist, dem Männchen das seine zu geben.

21 Wer schreit, bringt's weit

Im Chor der Tiere war der Rabe der unmusikalischste aller Sänger. Da man ihn nicht anders loswurde, machte man ihn zum Dirigenten.

22 So manche Kunst lebt nur von Dunst

Der Maulwurf hatte sich als Schuster verdingt, bekam jedoch die von ihm verfertigten Schuhe, da er nichts von dem Handwerk verstand, regelmäßig an den Kopf geworfen. Also ging er in eine Gegend, wo keiner ihn kannte, und gab sich für einen Arzt aus. Davon verstand er zwar auch nichts, da er aber in die Fläschchen, die er als Wundermedizin verkaufte, nichts als klares Wasser füllte und also keinem damit schadete, bekam er sie auch nicht an den Kopf geworfen.
So galt der Maulwurf, wenn er auch keine Berühmtheit wurde, als Arzt mehr denn als Schuster, obwohl er doch von beiden gleich wenig verstand.

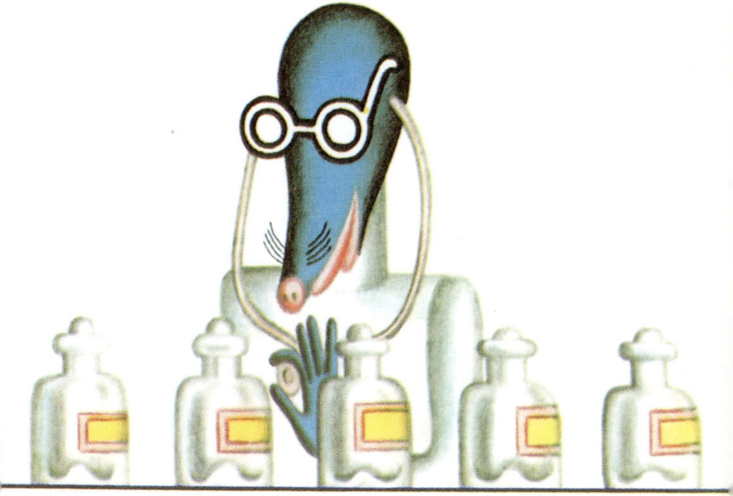

23 Freiheit auf Befehl ist Kuchen ohne Mehl

Um den Vorwurf zu entkräften, er folge doch immer nur seiner eigenen Meinung, trat der Löwe vor das Parlament der Tiere und sagte, er wolle diesmal nicht als erster sprechen, damit die Versammelten ihre eigene Meinung unbeeinflußt äußern könnten.
Nun wollte lange Zeit überhaupt keiner etwas sagen.
Da endlich rief der Hase: Ich bin ganz deiner Meinung!
Wie kannst du meiner Meinung sein? wunderte sich der Löwe, ich habe ja noch gar nichts gesagt.
Trotzdem bin ich deiner Meinung, beharrte der Hase. Das ist die einzige, die ich habe.
Wenn das so ist, sagte der Löwe, verspreche ich dir, deiner Meinung zu folgen, obwohl ich sie noch nicht geäußert habe.

24 Wer keine Meinung hat, hat häufig zwei parat

Der Igel hatte eine Ballade verfaßt und trug sie dem Löwen vor. Da der Löwe ein wenig müde war, nickte er mit dem Kopf. Der Luchs als wohlbestallter Kritiker lobte die Ballade mit schönen Worten.

Jetzt schüttelte der Löwe den Kopf. Der Luchs besann sich und meinte, die Ballade habe natürlich auch Schwächen, und die seien, wie es scheine, gewichtiger als die Stärken.

Abermals schüttelte der Löwe den Kopf. Wahrscheinlicher scheine es aber, sagte der Luchs nun, daß die Stärken gewichtiger seien als die Schwächen.

Verdammt noch mal! rief da der Löwe, ich kann den Kopf schütteln, so viel ich will, die Wespe setzt sich mir immer wieder auf die Nase.

Du solltest dich weniger um die Kunst kümmern, sagte der Igel zum Luchs, dafür mehr um die Nase deines Herrn.

25 Man muß sich nur zu wehren wissen: Die Emsen beispielsweise pissen

Der Marder war einige Jahre Günstling bei Hofe gewesen. Nun aber hatte er seinen Posten verloren und wurde von den Tieren, die er bislang gepeinigt hatte, geknufft und gepufft, wo es nur ging. Das ist merkwürdig, sagte der Marder, jetzt, wo ich keinem mehr schade, zwackt mich jeder, wie er nur kann. Früher habt ihr das nicht getan; also mußte ich annehmen, daß ihr mit meinem Tun und Lassen einverstanden wart.

Red nicht so dumm daher, entgegneten die Tiere, wie hätten wir dich strafen können, als du Günstling warst. Da hilft uns nur unser gutes Gedächtnis. Und damit keiner daran zweifelt, zwacken wir dich so lange, wie es Günstlinge gibt.

26 **Die Größe der Gefahr wird oft erst später klar**

Der Panther besuchte seinen Vetter, den Geparden, der oberster Wächter am Hofe des Löwen war.
Ich würde auch gern Wächter sein, sagte er zum Geparden, könntest du das nicht einrichten?
Eigentlich ist nichts zu besorgen, so daß wir keine weiteren Wächter brauchen, meinte der Gepard, aber ich werde mir schon was einfallen lassen.
Als der Panther gegangen war, dachte der Gepard eine Weile nach, dann lief er vor das Tor des Königshofes und schlug wie wild auf die dort herumtollenden jungen Ziegenböcke ein. Von Blut besudelt, ging er jetzt zum Löwen und berichtete, wie er mit knapper Not eine Revolte der widerspenstigen Böcke niedergeschlagen habe. Der Löwe wollte das nicht gleich glauben, doch als er das Blut sah, dankte er dem Geparden und folgte auch dessen Rat, den Panther als zusätzlichen Wächter einzustellen.
Sicher ist sicher, meinte der Löwe, Böcke machen nun einmal unberechenbare Sprünge.

27 Die List hat wenig Macht, das wird oft nicht bedacht

Der Panther hatte das Wiesel schwer beleidigt, das Wiesel aber schwor ihm Rache zu. Es erinnerte sich an eine tiefe Grube. Die deckte es mit Zweigen und Laub ab und ging zum Panther, um ihn in die Falle zu locken.

Du willst mich gewiß überlisten, sagte der Panther, darin bist du mir über. Deshalb lasse ich es gar nicht erst darauf ankommen.

Und er erschlug das Wiesel mitsamt seiner List.

28 Verschluckter Ärger quält nur stärker

Bei uns, verkündete der Löwe, gibt es kein Ungeziefer.
Um das hohe Tier nicht Lügen zu strafen, stellten die Schwalben, die Spechte und die anderen Vögel dem Ungeziefer nicht mehr nach. Damit war die Frage auch in der Praxis gelöst.

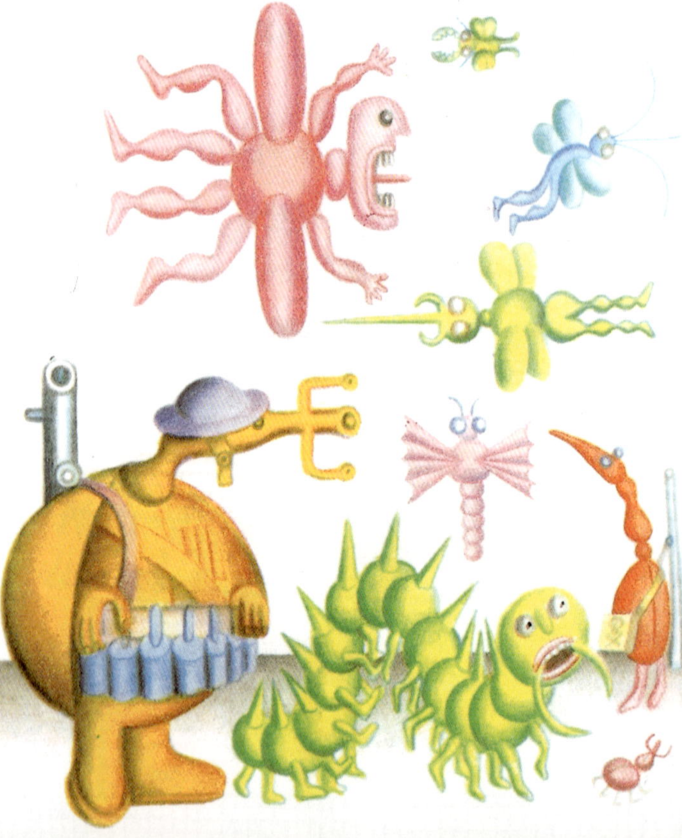

29 Wird ein Wort aus Angst vermieden, braucht's kein Gesetz, es zu verbieten

In meinem Reich, sprach der Löwe, gibt es keine Zensur; bei mir kann jeder sagen, was ich will.

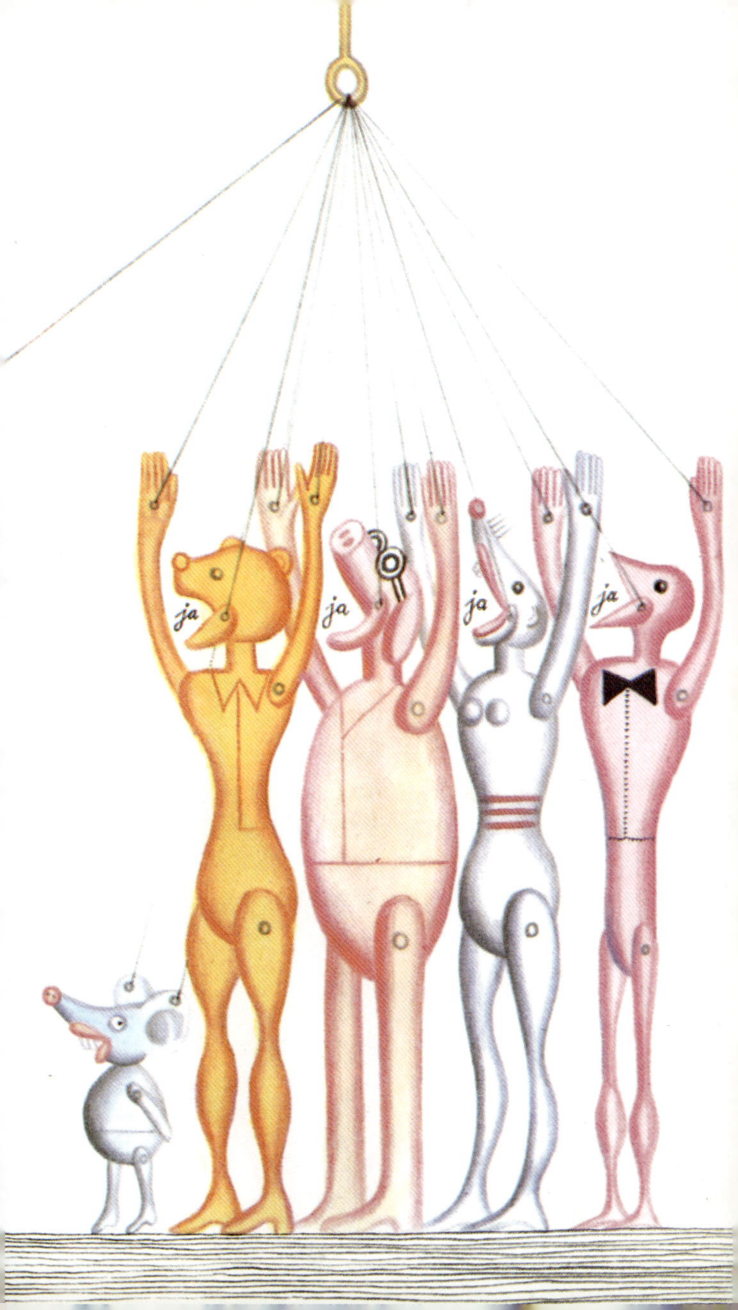
ja
ja
ja
ja

30 Dummheit auf der Leiter klettert immer weiter

Der Iltis und der Igel machten einen Abendspaziergang. Dabei trafen sie auf zwei Schafe, ein schwarzes und ein weißes, und jedes meckerte über die, wie es meinte, unpassende Farbe des anderen.
Damit, daß beide sich über die Farbe ihrer Wolle aufhalten, meinte der Igel, beweisen sie nur, daß beide Schafe sind.
Es ist gut, daß beide Schafe sind, widersprach der Iltis, wären sie Wölfe, würden sie sich nicht gegenseitig anmeckern, sondern gegenseitig zerfleischen.

31 Gar manche Strafe freut den Täter; die andern merken das erst später

Der Löwe sah seine Macht durch das wachsende Ansehen, das der Bär genoß, bedroht, und er fragte den Fuchs um Rat.
Mach ihn zum Aufseher über die Bienen, schlug der Fuchs vor, dieses widerspenstige Viehzeug wird ihm die Grillen austreiben.
Der Löwe überlegte hin und her, doch als ihm eine Biene in die Nase stach, rief er: Das ist gut, die Bienen sind das richtige für ihn!
Also wurde der Bär zu den Bienen beordert, wo er sich sogleich mit dem größten Vergnügen über den Honig hermachte. Und da er sich mit den Bienen gut auskannte, bekam er nur einige Stiche ab, was ihn nicht weiter störte.
Das war ein Reinfall, meinte der Löwe.
Im Gegenteil, erwiderte der Fuchs, jetzt hat er etwas ausgefressen, und du kannst ihn nach Recht und Gesetz bestrafen.
Und wie? fragte der Löwe.
Sperre ihn für ein halbes Jahr in seine Höhle ein, schlug der Fuchs vor. Wenn er danach nicht verhungert ist, wird er zumindest dermaßen heruntergekommen sein, daß er dir nicht mehr gefährlich werden kann.
Das gefiel dem Löwen, und da es indessen kalt geworden war und der Bär ohnehin seinen Winterschlaf zu tun gedachte, gefiel es auch ihm. Bevor er in seine Höhle kroch, bedankte er sich beim Fuchs, fügte jedoch hinzu: Sobald ich König bin, werde ich dich nach Gebühr belohnen, zu meinem Ratgeber mache ich aber doch lieber die Bienen.

32 Neues wagen – Spott ertragen

Der Dachs und der Iltis trafen sich bei ihrer nächtlichen Futtersuche im Walde; und da sie sich lange nicht gesehen hatten, gingen sie plaudernd ein Stück des Weges nebeneinander her. Während aber der Dachs auf den Weg achtete, blickte der Iltis immer wieder zum nächtlichen Himmel hinauf, übersah dabei einen Wassertümpel und fiel hinein. Das war zwar nicht weiter schlimm, der Dachs aber wußte sich vor Lachen nicht zu halten und rief einmal ums andere: Das kommt davon, wenn man die Nase zu hoch trägt!
Danach ging der Dachs allein weiter.
Der Iltis putzte noch eine Weile an sich herum, blickte wieder zum Himmel hinauf und setzte dann auch seinen Weg fort. Bald traf er jedoch wieder auf den Dachs, der sich verirrt hatte und froh war, daß der Iltis ihn glücklich nach Hause brachte.
Wie hast du das so leicht geschafft? fragte der Dachs.
Ich habe mich nach den Sternen gerichtet, antwortete der Iltis.
Und dafür nimmst du in Kauf, daß du hin und wieder in einen Tümpel fällst, meinte der Dachs.
Und daß ein Dachs darüber lacht, sagte der Iltis.

33 Die Eigenart, wenn sie nicht paßt, wird oft als Unart aufgefaßt

Dem Esel ging das Lied der Nachtigall auf die Nerven. Er steckte sich hinter den Wolf, und der brachte ein Verbot durch. Wenn sie wenigstens was Zeitgemäßes singen würde, hatte er erklärt, aber so ist das ohne Nutzen.

Da die Nachtigall nicht mehr singen durfte, wurde sie krank und starb.

Da kam es den Tieren so vor, als ob ihnen etwas fehle. Wir konnten nicht verstehen, sagten sie, was die Nachtigall sang, aber jetzt verstehen wir es: Sie sang sich selbst, und weil sie das nicht mehr durfte, ist sie gestorben.

Wer konnte das wissen, meinte der Wolf, ich dachte, sie würde sich umstellen.

34 Wird die Sache zum Selbstzweck, komm'n die Personen schlecht weg

Der Löwe hörte davon, daß ein blindes Schaf in seinem Herrschaftsbereich herumlaufe. Das ist eine Schande, rief er, bringt es zum Storch, der soll es operieren!
Der Storch war ein geschickter Chirurg und hatte das Schaf alsbald von seinem Leiden geheilt. Das Schaf bedankte sich bei ihm und lief danach zum Löwen, um sich auch bei diesem zu bedanken.
Der Löwe freute sich über die gelungene Operation. Jetzt kann mir keiner mehr vorwerfen, sagte er, daß in meinem Reiche Blinde herumlaufen; und auch die ärztliche Fürsorge steht makellos da.
Dir ging es also gar nicht darum, daß ich sehen kann? sagte das Schaf enttäuscht.
Nun fang bloß nicht an zu meckern, knurrte der Löwe.

35 Nicht jedem nützt, was er besitzt

Zwei Schafe litten unter der Mittagssonne und suchten im Schatten eines Esels Schutz. Da der Schatten jedoch nicht groß genug war, um beiden zu dienen, gerieten sie in Streit.
Da rief der Esel: I a!
Die Schafe vermeinten, der Esel habe ‚ich auch' gerufen; und da sie sich darin einig waren, daß der Esel in der Benutzung seines Schattens den Vortritt habe, gingen sie ihrer Wege.

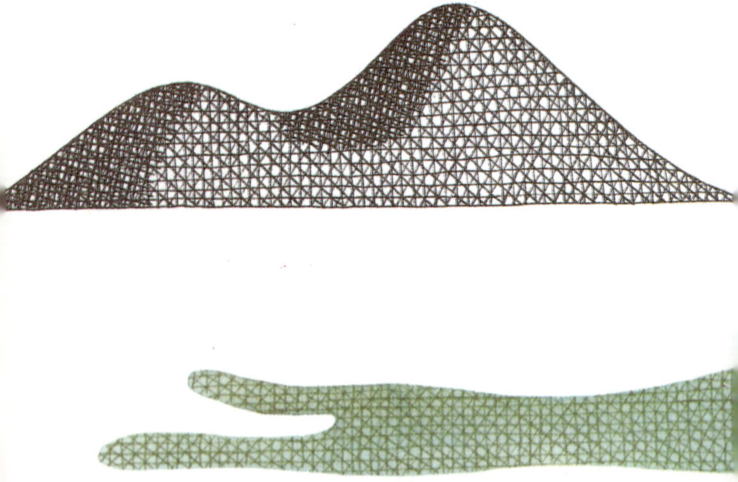

36 Hast du was verkehrt gemacht, gib es zu, bevor man lacht

Damals, sagte der Löwe, als wir den Enten das Schnattern verboten haben, das war eigentlich ein Unsinn. Das bißchen Geschnatter hätte uns nicht gestört.
Das habe ich doch gleich gesagt, meinte der Spatz, wir alle haben es von den Dächern gepfiffen, aber du hast ja nicht auf uns gehört.
Das konnte ich auch nicht, rechtfertigte sich der Löwe, damals hatten wir noch nicht den genügenden Abstand zu den Dingen.
Und was ist ein genügender Abstand? wollte der Spatz wissen.
Das kommt auf den Unsinn an, erklärte der Löwe. Wenn er nicht gar zu groß ist, brauchen wir nur einige Jahre, um ihn einzusehen.

37 Ein Urteil läßt sich leicht vermeiden, du mußt's nur gründlich vorbereiten

Der Fuchs hatte dem Hasen die Jungen gefressen. Obwohl der Fall klar war, bestand der Fuchs auf einer gerichtlichen Untersuchung. Dagegen konnte der Hase nichts sagen.

Die als Richter amtierende Schnecke nahm sich in der von ihr gewohnten Gewissenhaftigkeit des Falles an. Da der Hase nicht mehr der jüngste war, starb er, bevor die Untersuchung abgeschlossen war.

Besser kein Urteil, sagte die Schnecke, als eines, hinter dem man nicht stehen kann.

38 Der Dritte freut sich nicht immer, gewöhnlich ergeht's ihm schlimmer

Der Löwe und der Tiger waren über die Frage, wer von ihnen tierliebender sei, in Streit geraten. Da trat der Esel dazwischen, denn er wollte den Streit auf eine Weise schlichten, die beide zu seinen Freunden machte. Und er hatte sich etwas ganz Besonderes ausgedacht. Bevor er jedoch das Maul aufmachen konnte, hatten ihn die beiden in Stücke gerissen.
Daher ist nie bekannt geworden, was sich der Esel gedacht hatte.

39 Wer im ersten Kampf verlor, geht im zweiten anders vor

Als der Affe während einer Ratssitzung wieder einmal seine üblichen Grimassen machte, wurde es dem Löwen zuviel, und er hieß den Affen einen Blödian.
Und wenn ich besser zählen kann als du, entgegnete der Affe, wer ist dann der Blödian?
Um die Frage zu entscheiden, wurde auf seinen Vorschlag hin vereinbart, daß er und der Löwe die Wellen zählen sollten, die im Verlaufe einer Stunde am Meeresstrande anbrandeten. Der Affe tat aber nur so, als ob er zähle, und schnitt wieder die fürchterlichsten Grimassen. Das machte den Löwen ganz konfus, so daß er einmal die Wellen und einmal die Grimassen zählte, bis er völlig durcheinander war und vorzeitig aufgab. Der Affe wurde zum Sieger erklärt. Das war ihm jedoch noch nicht genug. Um den Löwen noch mehr zu demütigen, verriet er, daß er nicht eine einzige Welle gezählt und den Löwen allein durch seinen Witz besiegt habe.
Das nun war des Witzes zuviel, und keiner sprang dem Affen bei, als der Löwe sich auf ihn stürzte und ihn in Stücke riß.

40 Rede nicht von Sonnenschein, regnet es zum Fenster rein

Als auch die Tierkinder zur Schule gehen mußten, wurde der Rabe zum Staatskundelehrer bestellt. Er nahm das Lehrbuch in die Hand und erklärte den Kleinen, wie positiv doch alles sei. Nicht einmal ein Wölkchen war auf dem Bilde zu sehen, das er von der Welt malte.

Da blickte ein kleines Mäuschen aus dem Fenster und rief: Herr Lehrer, es regnet!

Der Lehrer aber schaute in sein Buch, schüttelte den Kopf und sagte: Regen ist hier nicht drin.

Es regnet aber wirklich! rief das Mäuschen wieder.

Da schrieb der Rabe dem Mäuschen eine Fünf wegen schlechten Betragens ins Heft. Das kommt davon, krähte er, wenn man während des Unterrichts aus dem Fenster guckt.

41 Wer sich ums Gemeinwohl drückt, muß sich nicht wundern, wenn's nicht rückt

Der Esel genoß kein sonderliches Ansehen unter den Tieren. Als aber ein gemeinnütziges Amt zu vergeben war und keiner es auf sich nehmen wollte, waren alle froh, als der Esel sich dazu überreden ließ. Zum nächsthöheren Amt und den folgenden gelangte er auf die gleiche Weise, und immer waren die anderen Tiere froh, davongekommen zu sein. Bis sie eines Tages feststellten, daß sie einen Esel oben hatten.

Wie ist der bloß dahinauf gekommen?! riefen da alle verwundert.

Der Esel wußte das natürlich auch nicht so genau. Da aber das Amt den Esel und der Esel das Amt verdorben hatte, paßten beide ganz gut zueinander, so daß es eine Weile brauchte, bis sie den Esel wieder herunterbrachten.

42 Schadenfreude macht dumme Leute

Der Kranich hatte einen Vortrag angekündigt und die Tierwelt zur großen Waldwiese eingeladen. Da der Kranich allgemein als platter Schönredner galt, rechneten alle damit, daß nicht einer hingehen würde. Um sich von dem Reinfall zu überzeugen, gingen alle hin.

Das war wirklich ein Reinfall, sagte der Igel zum Iltis, als sie auf der überfüllten Waldwiese standen. Der einzige, den ich nicht sehe, ist der Kranich.

Er wird etwas suchen, meinte der Iltis und blätterte ungerührt in einem Bündel Papiere.

Und was? fragte der Igel.

Das Manuskript, sagte der Iltis.

43 Der Eitle irrt sich gar nicht gern; und wenn, dann – bitte schön – intern

Das Wetter war einige Zeit ausnehmend gut gewesen. Und da der Frosch es immer richtig vorausgesagt hatte, war er ungeheuer stolz darauf und lobte das Wetter, so als habe er es selber gemacht. Und da auch die übrigen Tiere des Lobes voll waren, sagte der Frosch gleich noch einmal gutes Wetter voraus. Doch diesmal traf das Gegenteil ein: Es goß in Strömen.

Da haben wir den Schlamassel, sagte die Eidechse.

Bitte keine Fehlerdiskussion! quarrte der Frosch.

Aber jeder sieht doch, daß du dich geirrt hast, entgegnete die Echse, und was ist schon dabei, schließlich hast du das Wetter nicht gemacht.

Was verstehst du davon, ereiferte sich der Frosch. Solange ich es richtig vorausgesagt habe, ist mir das Wetter auch immer gefolgt. Was aber wird es tun, wenn es hört, daß ich mich auch mal irren kann? Also ist es besser, wir schweigen darüber.

44 Die Dummheit, will sie witzig sein, fällt schließlich auf sich selbst herein

Der Löwe mißtraute der Gehorsamkeit seiner Untertanen. Um sie auf die Probe zu stellen, folgte er dem Vorschlag des Fuchses und ließ bekanntgeben, er werde ab sofort nur noch in Kleidern unter das Volk treten. Und obwohl er sich so unbedeckt wie immer zeigte, lobten alle, sobald sie seiner ansichtig wurden, die Pracht seiner Kleidung, denn keiner wollte sein eigenes Fell in Gefahr bringen.

Das ist der beste Witz meines Lebens, sagte der Löwe zum Fuchs, alle loben meinen Anzug, nicht ein einziger wagt, etwas dagegen zu sagen.

Eure Krawatte, meinte der Fuchs, steht euch aber auch ausnehmend gut.

Der Löwe guckte verblüfft: Willst du mich auf den Arm nehmen? Du weißt doch besser als jeder andere, was es mit meinen Kleidern auf sich hat. Schließlich war es deine Idee.

Ich kann mich nicht erinnern, erwiderte der Fuchs, ich habe seit kurzem ein ungeheuer schlechtes Gedächtnis. Ich weiß auch nicht, wie das kommt; jedenfalls solltet ihr euch einen anderen Ratgeber suchen.

Dem Löwen war es ganz lieb, den Mitwisser los zu sein, und er nahm sich den Stieglitz zum Ratgeber.

Der lustige Vogel lobte noch mehr als alle anderen die Schönheit der königlichen Kleider, dann aber meinte er, daß der königliche Körper noch viel schöner sei. Daran könne er sich noch genau erinnern.

Der hat es auch mit dem Gedächtnis, dachte der Löwe, da steckt doch was dahinter.

Bald hörte er denn auch, wie alle Tiere die Schönheit des königlichen Körpers lobten. Die Kleider aber, riefen sie, verdecken diese unübertreffliche Schönheit. Nieder mit den Kleidern!

Wie aber soll sich einer ausziehen, der nichts anhat? Das schlug dem König aufs Gehirn, und er sprang davon, den Fuchs zu stellen, der ihm das alles eingebrockt hatte. Doch der war schon vom Stieglitz gewarnt worden und hatte sich in Sicherheit gebracht.

45 Probleme verstecken heißt Probleme hecken

Der Bär hatte ein mächtiges Reich gegründet, und die Tiere waren es zufrieden, auch die Spechte. Natürlich gab es auch Probleme. Da machte ein Specht ein Gedicht auf die Probleme.
Wozu brauchen wir solche Gedichte, sagte der Bär, wir haben schon Probleme genug.

46 Ich habe immer Glück, sprach der Bock und brach's Genick

Da die Schafe dauernd an ihm herummeckerten, wollte der Hund sich Respekt verschaffen und behauptete, zaubern zu können. Dieweil ihm im Augenblick nichts Besseres einfiel, trat er hinter einen Baum, um wie ein Wolf zu heulen, so daß die Schafe glauben sollten, er habe sich in einen solchen verwandelt. Wie er gerade das Maul aufreißen wollte, fuhr ein Blitz in den Baum, und binnen kurzem war nur noch ein Haufen Asche übrig. Der Hund kann wirklich zaubern! riefen da die Schafe begeistert. Wenn sie schon daran glauben, warum soll ich es nicht auf meine Kappe nehmen, dachte der Hund und fragte die Schafe, ob sie jetzt noch einen Zweifel an seinen Fähigkeiten hätten. Nicht im geringsten, erklärten die, der Baum aber wird uns fehlen. Verwandle doch bitte die Asche in ihn zurück. Bei deinen Fähigkeiten ist dir das doch ein leichtes. Da stand der Hund aber dumm da. Statt jedoch an eine Ausrede zu denken, dachte er darüber nach, wie er dazu gekommen war, einen äußeren Umstand als eigenes Verdienst auszugeben. Und das war noch das klügste an ihm.

47 Die feige Klugheit geht nie auf, am Ende geht die Klugheit drauf

Als der Wolf in seinem Revier die Herrschaft erlangt hatte, wollte er auch ein Theater haben und bestellte den Hasen zum Direktor. Der Star schrieb ihm ein Stück; doch als der Hase es las, dachte er: Der Vogel hat gut Stücke schreiben, er kann davonfliegen, wenn der Wolf ihn zerreißen will, was aber mache ich? Das dachte der Hase, dem Star aber sagte er: Das Stück hat gewisse Mängel, ich werde den Fuchs bitten, es zu bearbeiten. Doch der Fuchs winkte grinsend ab und meinte: Ich bin doch kein Esel. Das hielt der Hase für einen guten Rat, und tatsächlich brachte der Esel das Stück in einen Zustand, daß es dem Wolf gefiel. Der verlieh dem Esel, obwohl nur die Schafe bis zum Ende der Vorstellung blieben, einen prächtigen Orden. Darüber lachten die übrigen Tiere, doch der Fuchs sagte: Der Wolf wußte schon, weshalb er den Orden verlieh. Vergeßt nicht: Die Schafe sind geblieben.

48 Die Wahrheit wird zum Unsinn, zielt sie nur auf sich hin

Der Hamster und der Maulwurf begegneten sich auf dem Feldrain. Als sie einander gegenüberstanden, sahen sie zwischen sich zwei Taubeneier liegen.
Da der Hamster nur auf die Eier starrte und nichts sagte, meinte der Maulwurf: Ein Ei wie das andere.
Da irrst du dich gewaltig, entgegnete der streitsüchtige Hamster, das eine Ei ist eindeutig größer als das andere. Auf der ganzen Welt gibt es nicht zwei Dinge, die sich absolut gleich sind.
Und welches der beiden Eier, wollte der Maulwurf wissen, ist das größere?
Darüber denke ich noch nach, meinte der Hamster. Aber eines von beiden ist gewiß größer, das weiß ich schon jetzt.

49 Selbstlob hemmt den Schritt, da komm'n die Fehler mit

Natürlich machen wir auch Fehler, sagte der Bär zum Star, aber es ist nicht gut, darauf herumzuhacken. Ihr solltet lieber das Positive loben.
Wie kommen wir am besten vorwärts, fragte da der Star, indem wir uns loben oder indem wir uns lobenswert machen?
Indem wir beides tun, erwiderte der Bär.
Und was ist das Wichtigere von beiden? wollte der Star jetzt wissen.
Das ist eine philosophische Frage, erklärte der Bär, das ist die Frage nach der bestimmenden Seite.
Und wer bestimmt die? fragte der Star. Doch das war keine philosophische Frage, und der Star tat recht daran, davonzufliegen, bevor der Bär antwortete.

50 Statt seine Vorzüge zu preisen, soll man sich ihrer befleißigen

Ein Häschen hatte sich in einer Schlingpflanze verfangen und war am Ersticken. Als der Kranich daherflog und das Häschen bemerkte, sagte er: Ich habe einen ganz vorzüglichen Schnabel, mit ihm kann ich die Schlingpflanzen ohne weiteres zerschneiden. Ich muß ihn nur noch ein wenig schärfen.
Der Kranich schärfte seinen Schnabel, unterbrach sich dabei aber immer wieder und rief: Mein Schnabel ist das Beste, was es in der Art gibt, das Allerbeste in der Art! Bevor er aber den Schnabel so weit hatte, war das Häschen tot.
Das ist natürlich dumm, sagte der Kranich, das nächste Häschen rette ich aber bestimmt.

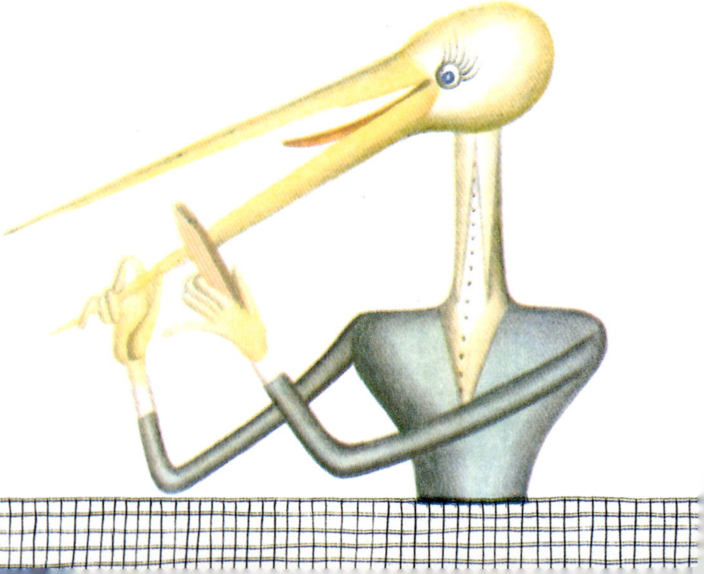

51 Streit und Rechthaberei kommen aus dem gleichen Ei

Der Maulwurf hockte sich des Abends auf seinen Hügel und blinzelte in den Mond, der als schmale Sichel am Himmel hing. Als der Hamster vorbeischnuffelte, lud der Maulwurf ihn zu einem Schwätzchen ein und sagte: Der Mond hängt heute wieder mal ziemlich schief.
Das war zwar offensichtlich, da der Hamster dem Maulwurf aber niemals recht gab, entgegnete er: Der Mond hängt keineswegs schief, er hängt vielmehr ungeheuer schräg.
So oder so, meinte der Maulwurf beschwichtigend, jedenfalls hängt er nicht gerade.
Nein, rief der Hamster, er hängt ungeheuer schräg!
Da kriegte es auch der Maulwurf mit der Rechthaberei und schrie: Nein, er hängt ungeheuer schief!
Da beide recht hatten, war der Streit nicht beizulegen, und Maulwurf und Hamster wurden sich spinnefeind. Und noch heute schreien sie, wo sie sich auch begegnen, gegenseitig zu: Nein schräg! Nein schief! Schräg! Schief!

52 Den Eichel-Unter kenne ich direkt, sagt eine Sieben und verlangt Respekt

Als ich bei Hofe war, erzählte die Kuh, hat der König von meiner Milch gekostet und sich lobend geäußert.
Was will das schon heißen! rief die Fliege, ich habe dem König kürzlich, gerade als er einen erhabenen Gedanken faßte, auf der Stirn gesessen. Dergleichen kannst du von dir nicht behaupten.
Daran ist nicht zu deuteln, meinte der Dachs, daher muß man der Fliege, die dem König auf der Stirn gesessen hat, die besseren Beziehungen zum Hofe zuerkennen.
Und jetzt, sagte die Kuh, sitzt die Fliege auf dem Fladen, den ich gerade fallen gelassen habe.
Auch daran ist nicht zu deuteln, meinte wieder der Dachs, daher muß man feststellen, daß die Fliege trotz ihrer hohen Beziehungen sich nicht zu fein ist, bei ihrer bisherigen Lebensart zu bleiben.

53 Das Siegel der Verschwiegenheit verrät oft mehr, als daß es feit

Der Iltis hatte einige Reichtümer gesammelt. Um sie vor den Nachstellungen des Marders zu sichern, hob er etwas abseits von seinem Bau eine Grube aus.
Der Marder wartete, bis der Iltis auf Jagd ging, und lief eilends zur Grube. Er fand sie aber offen und leer.
So ein Pech! schimpfte der Marder, da ist mir doch tatsächlich einer zuvorgekommen.
Der Iltis aber war so schlau gewesen und hatte sein Gut unter der ausgehobenen Erde versteckt.

54 Ein jeder ist für Toleranz – nur, wenn's drauf ankommt, nicht so ganz

Das Eichhörnchen war zum Geburtstag eines alten Schafes eingeladen und brachte ihm Nüsse, die es, um sie unterwegs nicht zu verlieren, in ein Kohlblatt eingewickelt hatte.
Das Schaf bedankte sich für das Geschenk und fraß das Kohlblatt sogleich auf; die Nüsse ließ es unbeachtet liegen.
Es ist eben doch ein altes Schaf, dachte das Eichhörnchen, für was Besseres ist das nicht mehr zu begeistern.

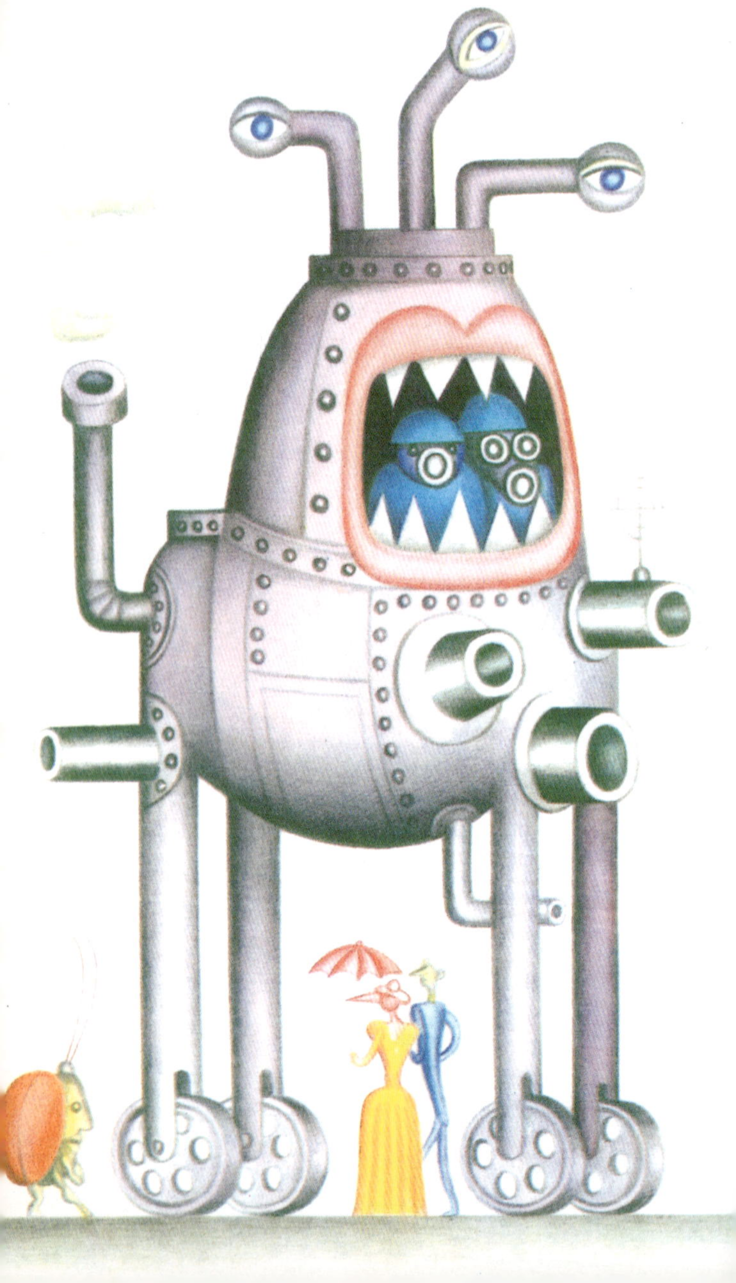

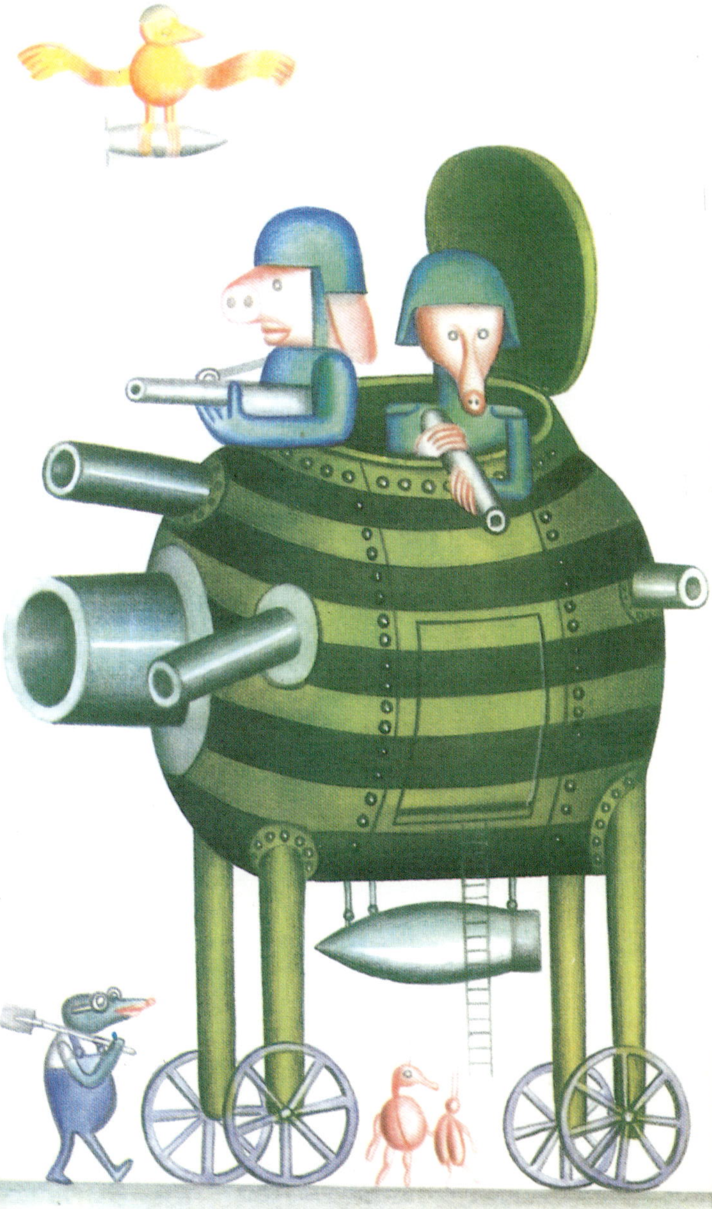

55 Was heute stimmt, muß morgen nicht mehr stimmen. Vergiß das nicht, sonst gehst du morgen schwimmen

Der Igel und das Karnickel beschlossen, gemeinsam auf Futtersuche zu gehen und alles, was sie finden, zu teilen.

Sie waren noch nicht lange unterwegs, da sah der Igel eine Pflaume im Gras liegen und sagte: Vom ersten, was wir finden, bekomme ich das Äußere und du das Innere.

Das Karnickel war einverstanden. Also fraß der Igel die Pflaume und überließ dem Karnickel den Stein.

Beim nächsten Mal, sagte das Karnickel, machen wir es aber umgekehrt.

Der Igel war einverstanden, und als sie eine Nuß fanden, fraß der Igel den Kern und gab dem Karnickel die Schale.

Das ist aber ungerecht von dir, meinte das Karnickel.

Es ist allein deine Schuld, entgegnete der Igel, du hast dich zu früh festgelegt.

56 Der Herrscher muß an Klugheit nur die oberste besitzen: die Klugheit anderer zu nützen

Der Bär hatte sich den Uhu zum Ratgeber genommen, was seiner Regierungskunst sehr zugute kam. Doch bald schien es dem Bären, daß der Uhu und nicht er gemeint sei, wenn das Volk seine Herrschaft lobte. Das kränkte den Bär, und er entließ den Uhu und nahm an dessen Statt den für seine Dummheit bekannten Wiedehopf zum Ratgeber. Wenn mich jetzt das Volk lobt, sagte sich der Bär, so weiß ich wenigstens, daß es mich auch meint. Doch das Volk nannte ihn jetzt einen Dummkopf.

Das ist aber ungerecht, dachte der Bär: Habe ich einen dummen Ratgeber, werde ich getadelt, habe ich einen klugen Ratgeber, wird er gelobt.

Doch darin irrte er. Das Volk hatte ihn vormals wirklich für klug gehalten.

57 Geht der Trost zu weit, ist er schlimmer als das Leid

Der Sittich hatte einen Roman geschrieben. Der Papagei aber schrieb eine vernichtende Kritik.
Als der Sittich sie gelesen hatte, suchte er Trost beim Wiedehopf.
Mach dir nichts daraus, sagte der Wiedehopf, der Papagei plappert doch nur nach, was alle sagen.

58 Das schlechte Gewissen macht feig, mußt du wissen

Der Bär war ein gutwilliger Regent. Da er aber in manchen Dingen nicht recht Bescheid wußte, nutzten das die weniger gutwilligen Höflinge zu ihren Gunsten aus. Da trat eines schönen Tages der Iltis vor den Thron und sagte zu dem Bären: Ich besitze ein unfehlbares Mittel; mit seiner Hilfe kannst du im Handumdrehen feststellen, welcher deiner Höflinge dir treu dient und wer nur seinen eigenen Vorteil verfolgt.
Der Bär wollte dieses unfehlbare Mittel erwerben, und der Iltis flüsterte ihm etwas ins Ohr. Darauf erhielt er vom Bären ein ungeheuer wertvolles Geschenk. Als das die Höflinge sahen, flohen sie sämtlich Hals über Kopf davon.
Der Iltis hatte dem Bären nur ins Ohr geflüstert: Gib mir ein ungeheuer wertvolles Geschenk, dann glauben alle, es handele sich wirklich um ein unfehlbares Mittel.

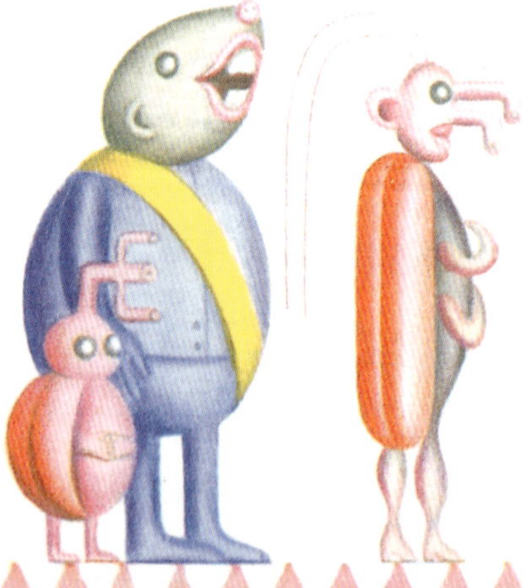

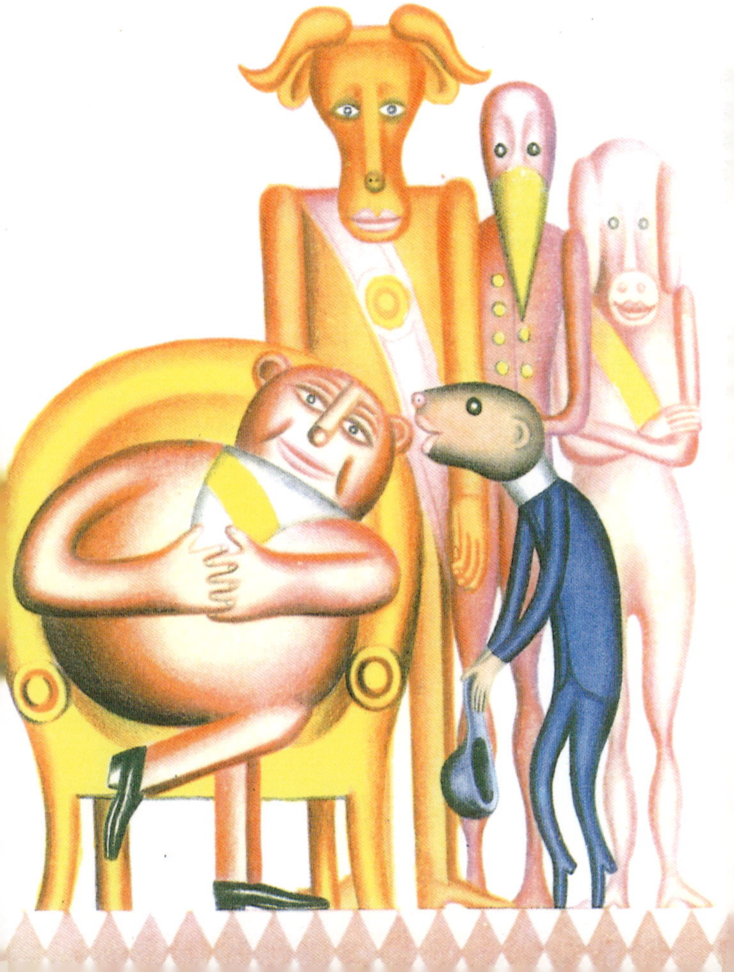

59 Nimmst du die Folge für den Grund, bringst du die Logik auf den Hund

Die Spitzmaus machte dem Mäuserich ständig Vorwürfe, weil er des Abends, statt schön zu Hause zu bleiben, auf die Promenade ging und dort mit den flotten Mäuschen flirtete. Da die Vorwürfe nichts fruchteten, versuchte es die Spitzmaus endlich auf eine andere Art. Sie machte sich schön, verkleidete sich und folgte dem Mäuserich auf die Promenade. Dort begann sie sogleich einen Flirt mit ihm; und da er sie sehr nett fand, folgte er ihrer Einladung, sie nach Hause zu begleiten. Dort angelangt, erkannte er, daß er vor dem eigenen Loche stand. Nun gab sich auch die Spitzmaus zu erkennen und erklärte ihn seiner Schuld für überführt.

Statt aber zerknirscht zu sein, wurde der Mäuserich ungemein vergnügt und sagte: Wenn du nur immer halb so hübsch zurechtgemacht und nett zu mir gewesen wärst wie vorhin auf der Promenade, wäre ich auch immer gern zu Hause geblieben. Also hast du nicht mich, sondern dich der Schuld überführt.

60 Von wem was kommt, ist nichtig; daß was kommt, ist wichtig

Der Hirsch hielt einen Vortrag über das Verhältnis von Tier und Natur. Davon war der Biber dermaßen begeistert, daß er ununterbrochen Beifall klatschte, während die Eule sich dermaßen darüber ärgerte, daß sie ununterbrochen Buh! rief. Schließlich versagten dem Biber die Hände und der Eule die Stimme den Dienst. Da rief der Biber Buh!, und die Eule klatschte wie wild Beifall.

Das erschien der Pute als der Gipfel der Charakterlosigkeit, und sie rief: Ihr solltet euch schämen, von einem Augenblick zum anderen eure Meinung zu wechseln.

Du irrst dich, entgegnete der Biber, wir sind nach wie vor entgegengesetzter Meinung; einig sind wir uns allerdings in dem wichtigeren Punkte, nämlich darin, daß eine Meinung nur dann etwas nützt, wenn sie auch ausgedrückt wird. Und da wir unsere eigene nicht mehr ausdrücken können, vertritt die Eule die meine und ich die ihre.

Der Effekt, schloß die Eule, ist jedenfalls der gleiche.

61 Die rechte Folge ist ein Stück von Lebenskunst und Politik

Der Bär hatte während seiner Herrschaft guten Willen, aber auch viel Ungeschick gezeigt; und da er, sobald ihn einer auf seine Fehler hinwies, auch noch patzig wurde, hatte man wieder den Tiger auf den Thron gesetzt. Der Tiger regierte denn auch mit der von ihm gewohnten Perfektion. Doch bald wünschten sich die Tiere den Bären zurück.

Er war zwar ungeschickt, sagten sie, der Tiger aber ist infam.

Ihr wißt nicht, was ihr wollt, meinte der Fuchs, ihr kanntet doch den Tiger von früher her.

Wir kannten ihn vor dem Bären, erklärte der Buchfink, jetzt kennen wir ihn nach dem Bären, und da sieht man ihn doch anders. Erkenntnis ist eben eine Frage der Reihenfolge.

62 Ein Bote brach die Beine sich. Das kommt vom Laufen, sprach der Fisch

Der Hase rannte einem Wolf davon. Da kam ihm eine Schnecke in die Quere. Um sie nicht zu verletzen, wich der Hase aus und stieß in vollem Lauf gegen einen Baum.

Die Schnecke wartete, bis der Hase wieder zu sich kam, dann sagte sie: Nimm dir ein Beispiel an mir, ich bin noch niemals beim Ausweichen gegen einen Baum gerannt.

63 Weitab von der Gefahr rät es sich wunderbar

Zwei Mäuse gingen auf Wanderschaft. Während aber die eine eilig vorausschritt, blieb die andere zurück und wurde von einer Katze gepackt. Da rief die eilige Maus der anderen zu: He, laß sofort die Katze los, wir haben anderes zu tun!

Inhalts-
respektive Sprücheverzeichnis

1

Mißgeachtet lebt sich's schwer,
unbeachtet noch viel mehr

2

Wer Furcht hat, sich zu schneiden,
schabt sich den Bart von weitem

3

Klugheit und Mut
wohnen unter einem Hut

4

In einem komplizierten Fall
ist das Urteil oft formal

5

Die Schwächen der Schwachen
sind die Stärke des Drachen

6

Wer den Mörder verschont,
wird mit Leichen belohnt

7
Wer oben sitzt, sieht niemals alles,
am wenigsten im Fall des Falles

8
Die Freiheit hat zwei Seiten,
das läßt sich nicht bestreiten

9
Die Kunst läßt weg, so geht die Sage.
Nur, was sie wegläßt, ist die Frage

10
Der eigne Gestank
macht keinen krank

11
Wenn dein Feind dir freundlich tut,
sei auf der Hut

12

Der Pfennig prahlt mit großer Goschen:
Ich bin so rund als wie ein Groschen

13

Machst du den Gegner zum Gespenst,
dann ist er das, was du nicht kennst

14

Ein großes Tier macht auch viel Mist,
was aber kein Kriterium ist

15

Wer sich hinter der Zeit versteckt,
wird auf unsanfte Art geweckt

16

Ist die Suppe angebrannt,
wirf den Löffel an die Wand

17

Der starke Freund
schreckt den Feind

18

Auch hohe Tiere müssen mal aufs Örtchen,
nur tun sie oft, als schissen sie ein Törtchen

19
Erschlag den Freund nicht in der Not,
du schlägst dich selber tot

20
Gegensätze ziehen sich nicht an,
es sei denn, an dem einen ist vom andern
etwas dran

21
Wer schreit,
bringt's weit

22
So manche Kunst
lebt nur von Dunst

23
Freiheit auf Befehl
ist Kuchen ohne Mehl

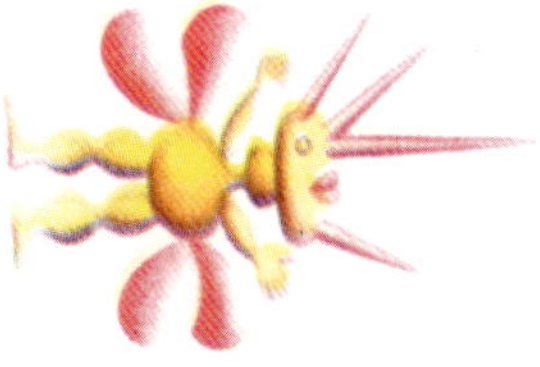

24

Wer keine Meinung hat,
hat häufig zwei parat

25

Man muß sich nur zu wehren wissen:
Die Emsen beispielsweise pissen

26

Die Größe der Gefahr
wird oft erst später klar

27

Die List hat wenig Macht,
das wird oft nicht bedacht

28

Verschluckter Ärger
quält nur stärker

29

Wird ein Wort aus Angst vermieden,
braucht's kein Gesetz, es zu verbieten

30

Dummheit auf der Leiter
klettert immer weiter

31

Gar manche Strafe freut den Täter;
die andern merken das erst später

32

Neues wagen –
Spott ertragen

33

Die Eigenart, wenn sie nicht paßt,
wird oft als Unart aufgefaßt

34

Wird die Sache zum Selbstzweck,
komm'n die Personen schlecht weg

35

Nicht jedem nützt,
was er besitzt

36
Hast du was verkehrt gemacht,
gib es zu, bevor man lacht

37
Ein Urteil läßt sich leicht vermeiden,
du mußt's nur gründlich vorbereiten

38
Der Dritte freut sich nicht immer,
gewöhnlich ergeht's ihm schlimmer

39
Wer im ersten Kampf verlor,
geht im zweiten anders vor

40
Rede nicht von Sonnenschein,
regnet es zum Fenster rein

41
Wer sich ums Gemeinwohl drückt,
muß sich nicht wundern, wenn's nicht rückt

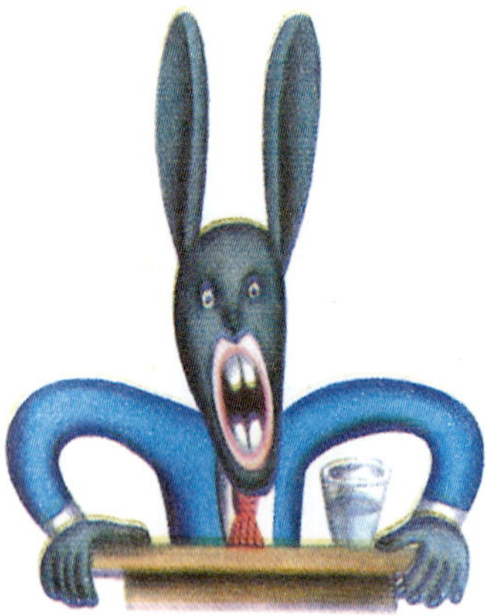

42

Schadenfreude
macht dumme Leute

43

Der Eitle irrt sich gar nicht gern;
und wenn, dann – bitte schön – intern

44

Die Dummheit, will sie witzig sein,
fällt schließlich auf sich selbst herein

45

Probleme verstecken
heißt Probleme hecken

46

Ich habe immer Glück,
sprach der Bock und brach's Genick

47

Die feige Klugheit geht nie auf,
am Ende geht die Klugheit drauf

48

Die Wahrheit wird zum Unsinn,
zielt sie nur auf sich hin

49

Selbstlob hemmt den Schritt,
da komm'n die Fehler mit

50

Statt seine Vorzüge zu preisen,
soll man sich ihrer befleißigen

51

Streit und Rechthaberei
kommen aus dem gleichen Ei

52

Den Eichel-Unter kenne ich direkt,
sagt eine Sieben und verlangt Respekt

53

Das Siegel der Verschwiegenheit
verrät oft mehr, als daß es feit

54

Ein jeder ist für Toleranz –
nur, wenn's drauf ankommt, nicht so ganz

55

Was heute stimmt,
muß morgen nicht mehr stimmen.
Vergiß das nicht,
sonst gehst du morgen schwimmen

56

Der Herrscher muß an Klugheit
nur die oberste besitzen:
die Klugheit anderer zu nützen

57

Geht der Trost zu weit,
ist er schlimmer als das Leid

58

Das schlechte Gewissen
macht feig, mußt du wissen

59

Nimmst du die Folge für den Grund,
bringst du die Logik auf den Hund

60

Von wem was kommt, ist nichtig;
daß was kommt, ist wichtig

61

Die rechte Folge ist ein Stück
von Lebenskunst und Politik

62

Ein Bote brach die Beine sich.
Das kommt vom Laufen, sprach der Fisch

63

Weitab von der Gefahr
rät es sich wunderbar

Weitere Titel aus unserem Verlag

Bourne/Ekstrand:

Einführung in die Psychologie

Dieses einmalige an der Praxis orientierte Werk gibt auf 646 Seiten einen umfassenden und verständlichen Einblick in die Welt der Psychologie. Es ist ein modernes und didaktisch eines der besten Lehrbücher Deutschlands, aufgelockert durch zahlreiche Abbildungen, Cartoons, Tabellen, Fotos, Grafiken und Zeichnungen.

Preise: Geb. = 68,-- DM (ISBN 3-88074-502-1)
kart. = 58,-- DM (ISBN 3-88074-500-5)
Studienausgabe CopyPrint ohne Einband = 29,-- DM netto (+Porto), bei Bestellung über den Buchhandel unv. empf. Preis = 39,-- DM (ISBN 3-88074-501-3)
Sonderprospekt beim Verlag anfordern.

Susanne Schlüter-Müller

Psychische Probleme von jungen Türken in Deutschland

Über die psychische Befindlichkeit von Jugendlichen in einer deutschen Großstadt.
Eine epidemiologische Längsschnittuntersuchung.

1. Aufl. 1992, 88 S., 25 Abb., kart., 19,80 DM
ISBN 3-88074-248-0

Das Ziel dieser Arbeit war es herauszufinden, was aus den Kindern und Adoleszenten einer Untersuchung von 1977-1980 geworden ist im Zuge ihrer beginnenden Loslösung vom Elternhaus, ihres Schulabschlusses und ihrer Berufswahl.
Gelingt es den Ausländern der 2. Generation in der neuen Kultur Fuß zu fassen?

Klaus Schmeck

Beeinträchtigung von Kindern durch Fluglärm

Ergebnisse einer Felduntersuchung in Westfalen

1. Aufl. 1992, 108 S., kart., 21,80 DM
ISBN 3-88074-247-2

Diese Arbeit wertet die Ergebnisse einer Felduntersuchung in Westfalen aus, um die Auswirkungen von militärischem Tieffluglärm auf die psychophysiologischen Reaktionen von Kindern und Jugendlichen festzustellen. Sie beschreitet damit Neuland.

Deutsches Jugendinstitut e.V.

Marlies Amend/Rita Haberkorn/Ulrich Hagemann/Harald Seehausen

Modellprojekt Lebensraum Kindergarten

Zur Gestaltung des pädagogischen Alltags in Ganztagseinrichtungen -Abschlußbericht-

1. Aufl. 1992, 352 S., zahlr. Abb.,kart. 29,80 DM
ISBN 3-88074-246-4

Die weiterhin zunehmende Frauenerwerbstätigkeit bringt eine spürbare Nachfrage nach mehr ganztägigen öffentlichen Betreuungsangeboten mit sich. Vor diesem Hintergrund beschreibt die Studie den pädagogischen Alltag in 7 verschiedenen Ganztagseinrichtungen und untersucht die Verflechtung zwischen der alltäglichen Lebenswelt der KITA, den gegebenen Bedingungen und Professionalität des Personals sowie der Lebensrealität der betreuten Kinder und deren Familien.
Das Buch ist eine sprudelnde Quelle vielfältiger Ideen, Anregungen und Vorschläge. Es wendet sich insbesondere an Erzieher, Kindertagesstätten, Eltern, Politiker und alle, denen das Wohl unserer Kinder auch unter immer schwierigeren Umständen am Herzen liegt.